Janne Teller
Afrikanische Wege
Eine Erzählung

Aus dem Dänischen von Peter Urban-Halle

AF287753

Sol·et·Chant

Janne Teller

Afrikanische Wege

Eine Erzählung

Aus dem Dänischen
von
Peter Urban-Halle

·Sol·et·Chant·

Das Original der Erzählung erschien 2013 unter dem Titel
„Afrikanske Veje" bei Brøndum in Dänemark.
Die deutsche Erstausgabe erfolgte unter dem Titel „Afrikanische
Wege" in der Übersetzung von Peter Urban-Halle 2014 als E-Book
bei Hanser Box, München. Für die vorliegende Ausgabe hat der
Übersetzer den deutschen Text überarbeitet.

Band 3 der Reihe *Miniaturen* im Verlag *Sol et Chant*

1. Auflage
© Copyright 2024 by
Verlag *Sol et Chant*, Letschin
Alle Rechte dieser Ausgabe vorbehalten
Titel des Originals:
AFRIKANSKE VEJE © Janne Teller (2013)
Übersetzung: Peter Urban-Halle
Satz und Umschlaggestaltung:
Verlag *Sol et Chant* unter Verwendung
von Silhouetten nach Fotografien von
Wikipedia und aus dem Besitz des Verlags
Autorinnenfoto: © Janne Teller
Übersetzerfoto: © F. Hynek
Hergestellt in Polen
Druck: Bookpress.eu, Olsztyn
Papier aus nachhaltiger Forstwirtschaft

ISBN: 978-3-949333-20-0

www.sol-et-chant.de

Sie könnte gegen einen Baum fahren. Phantastisch. Phantastisch: *Fahrt eines dänischen Ehepaars endet an Jakaranda bei Karen Blixens Kaffeefarm; Tragisches Schicksal nach Besuch des Museums der Schicksalserzählerin; Keine Bremsspur im afrikanischen Staub.*

Aber will sie nicht nur ihn ... *Verhext, sagen sie.* Sie überlegt einen Augenblick, ob sie das Lenkrad fest genug halten könnte, um den Wagen über den steinigen, strohtrockenen Seitenstreifen zu steuern, so dass er genau auf Höhe des Beifahrersitzes gegen den Baumstamm prallen würde und nicht etwa auf der Fahrerseite? Selbst mit angelegtem Sicherheitsgurt zu viele Unbekannte: Das Auto könnte kippen und sie zerquetschen, der Tank könnte explodieren und das Auto in Brand setzen, sie könnte samt Sitz und Gurt durch die Windschutzscheibe geschleudert und für immer zum Krüppel werden.

Natürlich, natürlich will sie ihn nicht töten. Sie schwebt wieder im Weiß und sieht, sieht durch das Weiß die Zähne, junge Zähne, breit, weiß und nur ein wenig schief, ein offenes, zugleich verschlossenes Lächeln, hintergründig? Durchtrieben? Oder bloß ein unbeholfener

5

Versuch der Verführung? Zu deutlich, das Gesicht breit, schön, harmonisch, runde Wangenknochen, die einer schmalen Stupsnase Platz machen, aus irgendeinem Grund erinnert sie der Mund des Mädchens an eine rote Frangipani, nur die dunklen klaren Augen sind etwas zu klein, nicht offen genug für dieses Gesicht, Kaffeebohne, Kaffeebohne, ihr Körper, perfekt flammenkurvig wie ein Gedicht von Darwish. Sie nennt sie Mädchen, obwohl sie bestimmt eine junge Frau ist und mehr auf zweiundzwanzig, dreiundzwanzig, vielleicht mehr, ja eher sechs-, siebenundzwanzig zugeht, ihre Art, sich an den Türrahmen zu lehnen hat etwas nicht Unerfahrenes, die Hüfte. Kokosnusshüfte.

Staub wirbelt auf die Windschutzscheibe, mit leichtem Klirren, Klirren von den größeren Steinchen, einen Augenblick lang kann sie nichts sehen, sie verlangsamt die Fahrt, war dem Auto vor ihnen zu nah gekommen, die Staubwolke legt sich, und wieder erkennt sie die löchrige Schotterstraße, am Rand den Grünstreifen mit Frauen und Kindern, die Frauen immer mit Eimern, Wäschebündeln oder Krügen, Krügen auf dem Kopf, die Kinder immer immer in Gruppen, die größeren mit den kleineren auf der Hüfte, sie lächelt, lacht lacht, ist seit vierzehn Jahren nicht mehr hier gewesen.

Grünstreifen, Grünstreifen – der Streifen ist ohne Grün, Karen ist nicht mehr ein Vorort ausschließlich der Weißen, aber weiterhin der Reichen, und sie kann nicht verstehen, wie rasch sie von den gleichmäßig asphaltierten Straßen, wo der Streifen wirklich grün war und der Abstand zwischen den Passanten groß, in dieses Wirrwarr gelangt ist, dieses Wirrwarr von Randstreifen ohne Grün, roter roter Erde und Menschen in farbenfrohen Kleidern dicht dicht, kleinen bunten Häuschen mit Wellblechdächern dicht dicht, schmutzig, und Kindern vermischt mit Ziegenböcken, Geflügel auf dem schmalen Gehweg an der Straße, irgendwann einmal würde sie schnaubend den Wagen stoppen und die Frauen am Weg über ihre Gehalts- und Arbeitsverhältnisse ausfragen, ihre Wohnungen und Arbeitgeber, wohlwissend, dass jede Antwort sie nur noch mehr empören würde, es ist so lange her, mit Albert war damit Schluss, mehr brauchte es nicht, sie rissen ihm die Augen aus dem Kopf, während er noch am Leben war, und sie wollte die Leiche nicht sehen und auch nichts anderes danach. Die Täter wurden gefasst, erfuhr sie später, aber sie verfolgte den Prozess nicht, erinnert sich nicht einmal daran, wie viele es waren oder wie viele Jahre sie dafür gekriegt haben.

Ein Mittagessen aus Yamsuppe und Gnu, ein Notizbuch aus dem Gästehaus geholt und Paul, Paul, sie hatte bloß eine Abkürzung nehmen wollen, um dem Freitagsverkehr zu entgehen, so waren sie in dieser Gasse gelandet, die eher einem Markt glich als einer Straße, sie reißt das Lenkrad herum, um einem Zicklein auszuweichen, das sich von seiner Mutter entfernt hat und wackelnd am Straßenrand steht, unglücklich meckert, Zicklein, Zicklein, nennt sie sich innerlich selbst, drei Tage nach der Beerdigung flog sie nach Dänemark, vier Jahre später heiratete sie Paul Alvarstaenius, sonderbar, sonderbar, dass sie sich in Paul verliebt hatte, obwohl sie dachte, sie könne nie wieder lieben, nur war diese Liebe merkwürdig milchweiß, wie etwas, das dort einzog, wo Albert noch wohnte.

Die Türschwelle, die Schreibmaschine und die langen, bestickten Gardinen, hell und so leicht, dass sie auf dem lackierten dunklen Fischgrätenparkett tanzen, tanzen, das sie kaum berühren. Das Mädchen, das am Türrahmen lehnt, nicht reingekommen ist, hautenges weißes T-Shirt, sehr kurzer, knapp sitzender Jeansrock, es lehnt am Rahmen, rosa Perlmuttlack auf den Fußnägeln, der abblättert, aber nicht so sehr, dass es schlimm wäre, ihr Mann ein paar Schritte dahinter, draußen, oder ist das ihr Boyfriend ein paar Schritte dahinter, Kokosnusshüfte, das offenverschlossene Lächeln, Paul Paul, der das Lächeln erwidert, ich schaue zu ihrem Mann, ihre Blicke begegnen sich, unsre Blicke begegnen sich, die Schreibmaschine, ich schaue auf die Schreibmaschine, sie ähnelt dem Insekt einer andern Zeit mit ihren Buchstabenaugen auf den schwarzen stachligen Fühlertasten, Insekt Corona sieht aus, als wäre das Farbband noch eingespannt, oder haben sie eins aus dem Altwarenlager bekommen? Ähnelt fast der ersten, die ich hatte, obwohl die hier dreißig, vierzig Jahre älter sein muss, hätte Karen Blixen andere Geschichten geschrieben, wenn sie sie auf einer heutigen Maschine geschrieben hätte, ich glaub nicht, Schicksal hin, Schicksal her, manche Dinge sind, wie sie sind.

Nicht herein, nur wir, nur wir. „Ich hab keine Angst", sagt das Mädchen, der Mann lacht trocken, der stellvertretende Leiter, weiß er's besser?

Paul lehnt sich im Sitz zurück, er entspannt sich, weil ich die Geschwindigkeit gedrosselt habe, woran denkt er? Dass ihr Schenkel den seinen berührt, ihre Arschbacke in seiner Hand ruht, er mit der andern seinen Reißverschluss öffnet? So waren wir anfangs, nein, ich vertu mich, Albert ... Sex ist zwischen Paul und meinem Ich immer ein ruhiges Ding gewesen, etwas Erwachsenes, Feines fand ich mal, ich mochte die Ruhe, die Ordentlichkeit, das Fehlen von Hunger und Animalität, besser besser, wer ertrinkt ertrinkt freiwillig mehr als einmal? Ich habe das Tempo noch mehr gedrosselt, jetzt hupen die Autos hinter mir wegen meiner Langsamkeit, und Paul, der den Kopf dreht, als machte ihn jetzt das fehlende Tempo nervös. Er ist zwölf Jahre älter als ich, zwölf, und sein Hang zu jungen Frauen hat mich nie gestört, nie zuvor.

Früher war alles eine Notwendigkeit, schwierig, und seither war alles milchweiß, einfach. Wir sind seit elf Jahren verheiratet, und in all den Jahren konnte man sich auf dieses Milchweiße verlassen, ich weiß nicht, warum es gerade nicht so ist, wir hätten nicht kommen sollen, wir.

Dass das Karen-Blixen-Museum am Fuße der Ngong Hills verhext sein soll, ist für eine seriöse dänische Zeitung, eine seriöse dänische Journalistin keinen Artikel wert.

Dass die kenianischen Angestellten sich weigern, das Haus zu betreten, und sagen, nur eine dänische weiße Frau, eine weiße weiße Frau, sagen sie, solle kommen, um den Fluch zu bannen, ist absolut keinen Artikel wert. Einige hätten es schon versucht, aber nicht die richtig richtige, sagen sie.

Das Geräusch von Schritten, eine Stimme, die spricht, ein weißlicher Schatten, der mehr ein Widerschein aus Spitze ist, ein dünnes Mondlicht als eine Gestalt, das Licht wie von Öllampen, die herumgetragen werden mit einer Stimme, und eine Schreibmaschine, die von selber klappert, wer kann das ernst nehmen? Tagtäglich zur Dämmerstunde, die Tasten klappern, nichts, nichts wird geschrieben, seriös seriös.

Die Schreibmaschine steht, wo sie steht, ein alter dunkler Mahagonischreibtisch mit Zierschubläden auf der Hinterseite, fünf Tage habe ich hier Wache gesessen, nichts gesehen, natürlich, natürlich, keine Ahnung, womit ich die drei Artikel füllen soll, die ich versprochen habe, in Blau und Orange versinkt die Sonne hinter den Ngong Hills, das ist alles, die Menschenstimmen, die sich entfernen, die Zikaden und Frösche, die das nächtliche Fest vorbereiten, ich, ich, die ich nie zuvor darüber nachgedacht habe, wie laut Afrikas Nächte lärmen, nicht dunkel und Stille, nein, dunkel und Lärm, alles und alle auf der Jagd, oder auf Wacht, man kann Afrika nicht erklären, sag ich doch.

Ich denke nicht daran, was der stellvertretende Museumsdirektor entgegnete, als ich ihn fragte, ob er den Gerüchten Glauben schenke:

„Nur wer Augen hat, sieht", sagte er. „Nur wer Ohren hat, hört."

Herr Mtubandi. Der mit Frangipanimund in dem Haus mit dem Gästehaus wohnt, und wie ich's selbst auf den Weg gebracht hab, mich aus dem Weg: mit dem stellvertretenden Direktor im Museum zu sitzen, Wacht, Wacht die halbe Nacht.

Der Direktor persönlich ist auf einem Begräbnis irgendwo im nördlichen Kenia.

Es gibt auch einen Wunschbrunnen, und man kann eine Puppe in Gestalt der Gespensterautorin kaufen, die man, wie ich insgeheim denke, erfunden hat, um mehr Besucher anzulocken, nein, das denke ich eigentlich nicht.

Ich hätte es ablehnen sollen, über das Karen-Blixen-Museum zu schreiben, Jubiläum hin, Jubiläum her, ich war so jung damals, hätte ich sagen und ablehnen sollen, warum jetzt zurückkehren: eine Journalistin, die in Afrika gewohnt hat – man kann Afrika nicht erklären, sag ich –, die mal im Museum gearbeitet hat, weiß, ja weiß, keine Kaffeebohnen, Frangipani, bloß Ziegenböcke, blaue blaue Augen und Karen Karen Karen Blixen, ich schreibe nicht über Afrika, keiner weiß von Albert, woher sollten sie es wissen, ich spreche nie über Albert, so wie ich auch nicht über Afrika schreibe, im großen Ganzen weiß heute niemand in meinem Leben, niemand außer meinen Geschwistern, dass Albert überhaupt existierte, Afrika ja, Albert nein nein, und selbst für sie, meine Geschwister, ist er ein sonderbares Phantom, sie sind ihm nie begegnet, ich besitze nur wenige Fotos, aber ein paar ein paar, ein wenig zerknittert von den Kartons, in die ich alles geworfen, alles gepfeffert habe, immer hinein, der Rebell, der getötet wurde, mein Geliebter, Leben, Leben eines andern, 1992 war ein Jahr voller Gewalt, tot tot in Kenia, ich war Kriegskorrespondentin, Fotografin, alles, was ich an Arbeit finden konnte, schon zwei Jahre in Afrika unterwegs und vierundzwanzig, vierundzwanzig, sage ich, und dann traf ich Albert, wir waren zusammen, so war es, ich blieb, du glaubst ans Schicksal, wenn du jung bist, du, Recht der Jugend, vier Jahre später war er tot, mein Geliebter mein Leben, ich selber zurück in Dänemark, zurück, Recht Recht, und keinem erzählte ich jemals von Afrika, meinem Afrika und Albert, Afrika kann man nicht erklären, das habe ich gesagt, nicht viel gemein mit dem Afrika von Karen Blixen. Ich mochte die Arbeit im Museum nicht, aber das hielt mich in der Nähe und bezahlte unsere Miete, keine Öllampen nackte Birnen an der Decke, baumelnde Leitung, später baumelte Albert, du hörtest es nicht, nackte Birne und ich war nack nack nackt waren wir, wenn wir zusammen waren, und wie konnte ich auch Kriegskorrespondentin sein, wenn ich mit einem politischen Revolutionär verheiratet war und an seine Revolution glaubte?

Ein ganz neues Afrika, ein Afrika, das von vorne anfing, ohne Leute wie mich, Afrika Afrika.

Tagsüber führte ich Touristen herum, nachts schrieb ich Flugblätter für Albert.

Auch ich hatte Hüften, die mein Taschengeld vermehrten, aber ich bin nicht mehr naiv und weiß, dass Paul schon mit ihr im Bett gewesen ist, und ich hab Lust, Lust, ihn zu kastrieren, das Auto steht jäh still, ich stehe daneben, ich sage keinen Ton, halte mich bloß am Dach fest und schaukele hin und her, Sonnenschein Sonnenschein, und Paul, Paul sieht mich an, als wäre er sich nicht sicher, ob ich durchgedreht bin oder ob mir schlecht geworden ist, schlecht geworden, ich nicke, ich möchte das Milchweiße wieder greifen. Pauls Herumstreunen hat mich nie gestört, alles war bloß einfach einfach, und nun habe ich fünf Abenddämmerungen lang

vor Karen Blixens Haus gewacht und natürlich nichts gesehen, einfach, und selbstredend hat Paul getan, was Paul
tut, Frangipanimund und Kokoshüfte, Kaffeebohne einfach, ich trete gegen das Vorderrad, dass es staubt, und
ein stechender Schmerz durchfährt mich, ich trete, ich
krümme mich zusammen, ich hatte vergessen, dass ich
offene Sandalen trage, ich krümme mich, und unterm
Nagel des großen Zehs beginnt es zu bluten, ich richte
mich auf, atme tief durch, setze mich wieder ins Auto.

„Übelkeit", sage ich und hebe die Arme, verstehe
nichts.

Afrika ohne Einmischung war ein hoffnungsloser Traum,
eine wunderbare Utopie, Sonnenschein Sonnenschein,
Wunder, ich könnte zurückfahren und ihr ein paar hinter
die Löffel hauen, ich sehe die Szene vor mir, in vollem
Tempo auf den Parkplatz, abbremsen, schräg parken, läs-
sig, aus dem Wagen springen, über den Rasen zum Fah-
nenmast und ihrem provisorischen Aufenthaltsort ren-
nen, mit der rechten rechten Hand mit aller Kraft auf die
runden Wangenknochen schlagen, die etwas zu kleinen
Augen, Kaffeebohne Kaffeebohne, vielleicht könnte ich
zwei, drei, vier Schläge anbringen, Bohnenaugen, Pani-
mund, vielleicht, ehe Paul Paul oder sonst wer mir in den
Arm fallen würde.

Neokolonialismus, hieße die Schlagzeile. Weiß auf
schwarz. Schwarz auf weiß. Ich muss lachen, und Paul

dreht den Kopf, Paul mit dem leicht unruhigen Erstaunen, mit dem er mich ab und zu anschaut, ich liebe den Ausdruck, Paul, das Zeichen einer Unvorhersehbarkeit, von der ich selbst nichts weiß, hinter all dem Milchmilchweißen, aus irgendeinem Grund gerade die leicht gehobene rechte Augenbraue, die aufgesperrten Augen, die Verwunderung, die mein Herz klopfen lässt, klopfen, als läge im mangelnden Verständnis ein Schlüssel zu dem, was ich mit Albert begrub, was nie geöffnet werden soll. Man kann Afrika nicht erklären, Paul kann machen, was er will.

„Weshalb lachst du?" Fragt er.

Ich antworte nicht, wie immer, nicht weil ich nicht will, sondern weil ich keine Antwort weiß, wie ein Land auf der andern Seite einer Grenze, und es gibt etwas auf der andern Seite des Milchweißen, das ich nicht kenne, das aber ab und zu lacht oder weint oder mit Sachen schmeißt oder nichts sagt. Wie jetzt.

Nie, nie, whenever, nie. Fünf, ganze fünf Tage lang habe ich alles minutiös durchforstet, mit einer Unzahl von Personen gesprochen und ebenso viele Geschichten gehört, aber nichts gefunden, das nachgewiesen werden könnte, anderthalb Tage zurück, ich hab mich verirrt, und wieso kutschiere ich auch auf diesen Straßen hier rum, wieso habe ich nicht ein bisschen mehr für einen Wagen mit GPS bezahlt, dachte ich wirklich, ich kenne Nairobi noch, oder war es nur ein Traum, mein Traum,

Afrika, mein altes Afrika wiederzufinden, ehe die Technologie die ganze Welt gleich macht, oberflächlich, oberflächlich. Ich weiß, ich werde keine Hexerei finden, nichts anderes als Glaube, Glaube, das heißt, wir könnten die beiden letzten Tage auch gleich im Schatten unter den Bäumen genießen, mitgebrachte Bücher lesen, vielleicht vielleicht ins Museum für Nationalgeschichte gehen, sie haben ein richtig gutes hier, und was soll ich auch schreiben, wenn ich keine Lust habe, vom Glauben abergläubischer Kenianer an Zauberkunst und Flüche zu schreiben, und es nichts anderes gibt, so dass ich, ich nichts geschrieben habe und etwas erfinden muss. Ich könnte natürlich über kenianische Politik schreiben, über Modernität und Slum, Verrohung und afrikanische Multikulturalität, über aids-elternlose Kinder oder multi-multinationales medizinisches und chemisches Dumping, aber das hab ich alles hinter hinter mir gelassen und spüre wieder nichts anderes mehr als sanftes sanftes Milchweiß, das ist nun mal nicht mein Thema, weiß-weiß, und wie gesagt kann man Afrika nicht erklären, ich halte es sogar für ein Sakrileg, sich darin zu versuchen, wenn man nun mal kein Afrikaner schwarz schwarz ist. Ja, ich hätte, hätte über das moderne Nairobi schreiben können, Nairobi und die schön asphaltierten Straßen in Karen, das dicht dichte Gras, die dicht dichten Hochhäuser im Zentrum, (die dicht dichten Blechhütten auf der anderen Seite, ohne Gras), oder über die

Wirtschaft und all das, was in Dänemark ähnlich ist, die Geldautomaten und von selbst aufgehenden Glastüren zu großen langweiligen marmorgefliesten Shoppingcentern, oder oder ich könnte über den Qualm eines *Feuers* schreiben*, das Bananen, Maiskolben grillt, den faden Ugalibrei, über die auf eine warme Samosa unweigerlich folgende Sattheit*, die Musik, die aus den Buden dröhnt, an denen wir vorbeifahren, die Farben, den Geruch, *die merkwürdige Drehung in den Tönen, die in die Hüfte gehn, immer in die Hüfte gehn* ... Nein, ich habe nie gewusst, wie ich Leuten, die hier nicht gewohnt haben, Afrika erklären soll, das ist nicht möglich, unmöglich, unmöglich, und jetzt habe ich meinen Mann mitgebracht und kann es ihm immer noch nicht erklären.

17

Sie ist nicht einmal schwarz, nur farbig in einer unbestimmbaren Mischung, die Kakaohaut, Frangipanimund, Kaffeebohnenaugen, Lianenlocken, Afrika Angst Angst steckt auch darin, dass er sich genau diese lokale Affäre ausgesucht hat, denke ich mit Albert, höhnisch, höhnisch, und die Tränen rinnen mir die Wangen hinunter, denn auch das Lachen werde ich nicht erklären können und was drei Monate lang vor sich gegangen ist, die Verzauberung, Frangipanimund vielleicht drei Stunden, drei Tage lang, vorher, vorher hat mich das nie gestört, wie war alles einfach einfach, und ich weiß nicht, warum es mit einem Mal schwierig ist, wo ist das Weiß?

Die Afrikaner wissen, wie man lacht, aber das kann ich auch nicht erklären, und ich habe mir nie Gedanken darüber gemacht, ob mir Pauls Affären gefielen oder egal waren, es gab sie halt, noch eine Sache hinter dem Milchweißen und dem Leben, die ohne zu viele Probleme überstanden werden sollte, und ich dachte, das ist doch sein Recht, weil er mit dem Milchweißen und mir leben musste, und mit Albert, von dem er nichts wusste, aber ich fahre hier und alles ist anders und der Pakt plötzlich nicht mehr in Ordnung, nicht mehr in Funktion, Funktion, aber ich weiß nicht, wie die Dinge sonst sind, auch nicht, wo wir sind, wir kamen ja gerade vom Mittagessen nicht weit vom Museum, und ich ich weiß nicht, wo wir sind, aber wir sind weit von Karen und der Innenstadt entfernt, so wirkt es mit den großen großen Abständen zwischen den Grasbüscheln auf dem Seitenstreifen, Frauen und Kinder Kinder dicht, dicht, ich kurbele das Fenster herunter, obwohl die Klimaanlage läuft, und ich weiß, dass Paul den Staub nicht vertragen kann, der sofort auf meiner Seite eindringt, und ich lege den Kopf zurück und lache, jetzt nur über mich und die Hitze und den Wind, der mein Haar gegen meinen Nacken flattern lässt, ich wusste gar nicht, dass ich den Staub vermisst hatte, die Farben, den Wirrwarr, die Ziegenböcke, die Trommeln überall, Trommeln, die weissagen, spuken, tanzen, lachen, lachen.

Ich trete auf die Bremse, und Paul wird mit einem Ruck nach vorn geworfen, bis der Gurt blockiert.

„Was, verdammt ...“

Die rostige Stoßstange eines Lastwagens füllt die ganze Windschutzscheibe aus, Stoßstange, Stoßstange, dann kehrt er auf seine Spur zurück und ich sehe das tiefe Schlagloch, dem er ausgewichen ist, ich muß den Wagen selber auf den Seitenstreifen lenken, um nicht hineinzugeraten.

„Ist doch nichts passiert ...“, sage ich und lache, während ich langsam über die Unebenheiten am Straßenrand rumple, und die Kinder müssen sich ganz ins Maisfeld zurückziehen, um Platz zu machen, sie winken uns zu, rufen *Mzungi Mzungi*, machen ein paar Tanzbewegungen, als hofften sie, wir seien Touristen, die ihnen Geld zuwerfen würden, aber ich winke nur zurück, und meine Wut hat sich plötzlich verzogen und ich lache wieder, ich könnte ihn auch einfach absetzen, an die Seite fahren und sagen, ja, das war's also, elf Jahre, ich hab's satt satt, lass uns hier Schluss machen, satt, wir sehn uns beim Anwalt, wenn die Papiere unterschrieben werden sollen, satt, ich bleibe hier, ICH BLEIBE! Mein schöner Mann, der mit seinem hellen zurückgestrichenen Haar und seinen sternenblauen Augen dem jungen Paul Newman ähnelt und ja auch Schauspieler ist, obwohl meist nur in dänischen Fernsehserien, aber die setzen sich auch auf der übrigen Welt durch, macht Paul zu einem gejag-

19

ten Jäger, was ihm gut zupass kommt. Ich muss ja wahnsinnig sein, klar kann ich Paul hier absetzen und mich scheiden lassen, das ist nicht so wahnsinnig, vielleicht ist es höchste Zeit zu schauen, ob es einen Ausweg aus weißem Milchweißen gibt, aber in Afrika zu bleiben, Augen ohne Augen, nie nie *whenever* nie, ich will will nicht aus dem Milchweiß heraus, will mehr mehr davon, aber es ist weiterhin dünn, dünn, und die Sonne blendet mich, mit einer Hand krame ich nach meiner Sonnenbrille in der Tasche auf dem Rücksitz und sehe durchs Seitenfenster eine Frau, die mit leicht gespreizten Beinen unter ihrem umgebundenen Tuch pinkelt, auf dem Rücken einen Säugling und einen Krug mit irgendeinem Obst auf dem Kopf, ruhig, ruhig, ich lächle ihr zu und sie mir, ich weiß, ich sollte Paul am Gästehaus absetzen und nicht hier am Straßenrand, wenn ich nicht an einem Mord schuld sein will, er sieht aus wie ein reicher weißer Mann, genau das ist er auch. Hier. Hier.

Wieder lache ich, ohne zu wissen warum, und merke, dass ich immer noch wütend bin, aber anders, als hätten mich elf Jahre eingeholt und sich auf meiner Stirn niedergelassen, elf, ich muss lachen in einer Art Weißweißglut, mit der ich nicht umgehen kann, und ich fahre, fahre schneller.

Albert schlug mich, ich weiß nicht, warum ich auf einmal daran denke, ich denke sonst auch nicht daran, gibt auch keinen Grund dafür, Albert ist tot, tot, sie rissen ihm die Augen aus, während er noch lebte, schnitten seine Hände ab, schnitten sie ab, mehr gibt es nicht zu erinnern, vorher viele lange Tage, an denen ich in einem Museum mit dunklen Holzpaneelen und hauchdünn geklöppelter weiß weißer Bettdecke Touristen herumgeführt hatte, anstatt über Krieg Krieg, Tod und Zerstörung zu schreiben, Tage, Tage an denen ich blaue Flecke hatte und trotz der Hitze langlangärmlige Kleider trug, sie nahmen seine Hände.

„Pass auf, verdammt!"

Ich weiß nicht, wer schreit, ob es Paul ist oder ich, aber ich muss die Augen zugemacht oder nur weißweiß gesehen haben, denn Paul hat ins Lenkrad gegriffen und es nach links gerissen, das Auto korrigiert sich mit einem Ruck, ehe wir viel zu schnell in den Graben rasseln, auf den verknoteten riesigen Baobabbaum zu in einer Kurve, Kurve, die ich nicht gesehen hatte, zu wollen ohne zu wollen ... die Ironie entgeht mir nicht, ich liebte Albert, und er schlug mich nicht, obwohl ich jung war und seine Eifersucht nicht verstand, die Art, wie ich mich an einen Türrahmen lehnte. Weiß, und er war schwarz, wusste ich, was ich ihn kostete oder hab ich's bloß später verstanden, ohne je darüber nachzudenken? Ein schwarzer Nationalist mit einer weißen Frau? Natürlich musste das schief gehen, wenn sie ihn nicht getötet hätten, hätte er mich wahrscheinlich getötet. Verdammt, Albert hat mich nicht geschlagen.

Ich erzählte es ihm nie, nie, whenever nie, er hätte mich zu Hause behalten, es war auf unterschiedliche Weise immer das gleiche, obwohl ich es zu spät einsahsah: die verunglückte ältere Dame, die Kinder, die um Hilfe schrien, das Auto mit der Reifenpanne, die schwangere Frau, warum war ich so naiv? Einmal brachen sie mir den Arm mit ihren Knüppeln.

„Sag's deinem Mann! Sag's deinem Mann!", riefen sie, als wüssten sie, dass ich seine Achillesferse war und meine Sicherheit das Einzige, was sein Vorgehen aufhalten konnte, gelbe, blaue, schwarze blutende Male, Brandmale, ich hab in all den Jahren nicht daran gedacht, vielleicht am Anfang, ich hab's vergessen, alles war so neblig, immer mehr, jetzt weiß ich es plötzlich wieder, Mamba Mamba grüne Mamba im Rückgrat, steif still keine Bewegung, die Lende Lende, die schwitzt, friert, und das Gerücht verbreitete sich, dass es Albert war, die blauen Male Brandmale, ich sagte, es seien die Pferde gewesen, kratzte die Brandmale auf, damit sie nur Wunden glichen und keiner sollte glauben, es sei Albert gewesen, egal was sie glaubten, und keiner keiner sollte die Wahrheit glauben, denn Einschüchterung ist wie Furcht, wie Cholera, die ansteckt, die das neue Afrika untergraben wollte, ehe es in Gang kam, so dass ich oft sagte, ich hätte mit dem Reiten angefangen und dass es die Pferde gewesen seien, sagte ich oft, ich habe noch die Narben, kann sie auf meinen nackten Armen sehen, während ich das Lenkrad halte. Verhext, sagten sie über meine Wunden rot rot, und sorgfältig achtete ich darauf, regelmäßig an der Reitschule vorbeizufahren und hineinzugehen und mit den Pferden zu sprechen, Male blau blau, manchmal ritt ich auch, dass ich mit den alten Gäulen ausritt, sagte ich keinem, ich achtete auch sorgfältig darauf, die Wagentür zu verschließen, wenn ich fuhr, und nach dem gebrochenen Arm hielt ich für nichts und keinen mehr an, aber es war zu spät, zu spät, denn acht Wochen später ...

„Oh, Albert hätte ich es erzählen sollen, damit wir hätten abhauen können, dann hätten sie nicht ..." Zu spät, zu spät.

„Was hast du gesagt?"

„Ich möchte mich scheiden lassen, Paul."

„Wie bitte?"

Ich wiederhole es nicht, bin mir jetzt nicht ganz sicher, konzentriere mich auf die Straße, Augen auf die Straße, Augen, Hände, Füße, und das Letzte will ich nicht erwähnen, nicht erwähnen, mich nur an das Milchmilchweiße erinnern und Paul nicht böse sein.

„Innen haben wir die gleiche Papayafarbe", sagte Albert, als wir in der Notfallstation saßen mit meinem gebrochenen Arm, der sich quer geöffnet hatte, es war das einzige, woran ich denken wollte, als sie ihn mir zeigten, aber so behandelt man eine Papaya nicht!

Ich fahre an die Seite, ein kleiner Fahrradstand verkauft Kokosnüsse, ich muss etwas trinken, ich steige selber aus und spreche mit dem Verkäufer in gebrochenem Kisuaheli, das *polepole polepole* kommt wieder, bezahle einen überhöhten, aber nicht unzumutbaren Preis, der Verkäufer schlägt den beiden Nüssen den Kopf ab, steckt Strohhalme hinein, und ich gebe Paul die eine und klettere mit der andern wieder hinter das Lenkrad.

„Meinst du nicht, ich sollte fahren?", fragt er.

Er sagt nicht, du stehst neben dir, obwohl ich weiß, dass er genau das meint, ich bin normalerweise eine gute Fahrerin, heute bin ich eine schreckliche, aber Paul, Paul spricht ohne Überzeugung, und ich weiß warum, wie alle weißen Männer hat er Angst vor Afrika, alle weißen Männer, die Afrika nicht kennen, und wer kennt es schon? In diesem Augenblick hat er Angst vor dem Afrika in mir, denke, denke ich, lege den Kopf zurück und lache lauthals, ich habe doch nur sechs Jahre hier gewohnt. Sechs. Ich bin hinter einen Bus geraten und lasse mich zurückfallen, aus dem Auspuff kommt es schwarz, unerträglich, das muss ein Überlandbus sein, glaube nicht, sie würden ihn in die Stadt lassen mit den zerschlagenen Scheiben und den Fahrgästen, die aus Fenstern und Türen hängen, er krängt so stark nach links, dass es aussieht, als könnte er jeden Moment umkippen, er hat auch zu viel Gepäck, Wasser, Wasser und Petroleumkanister, Säcke, Säcke mit Feldfrüchten, zusammengerollte Teppiche und Ballen, ein paar alte verschnürte Koffer. *Kuwakaribisha nyumbani*, steht mit handgeschriebenen Buchstaben in Lila, Grün und Rot hinten auf dem Bus, *Willkommen zu Hause*, ich könnte auch ins Museum gehen, die Tür ist bestimmt nicht abgeschlossen, ich könnte eine Riesenszene veranstalten, unersetzliche Dinge zerdeppern, Vasen Fotos Skulpturen, bis sie sich genötigt sähen, die Polizei zu rufen, und Paul müsste eine Unsumme zahlen, um mich freizukaufen ... Ich lächle bei dem Gedanken daran, wie ich die Gardinen von den Stangen zerren und die Decke vom Esstisch reißen würde, so dass die Öllampen in tausend Stücke zersprängen, wie ich die schwarze Fernsprechapparatur durchs Fenster schleudern würde, tuut, tuut, tuut, die Schreibmaschine von Karen Blixen auf den Boden schmettern würde, Fühlertasten in alle Richtungen, irgendwie der Baronesse würdig würdig.

Nicht als ich mir den Arm brach, sagte Albert das mit der Papaya, was für uns alle zutrifft, sondern wenn er mich überall hin küsste und wir den Nachbarn vergaßen, der auf der andern Seite der Teppichwand wohnte, und Mamba Mamba Mamba bange, ich hatte die Mamba vergessen, grüne Mamba.

Ich bin ans Ende der Straße gekommen, auf der wir fahren, vor uns nur Lehmhütten und Wirrwarr, Gebüsch und Müll, eine schmale schmale Querstraße, braunbraunlila Berge und ich, ich, muss entweder rechts oder links abbiegen, aber es gibt keine Schilder, ich bin nicht sicher, ob wir den einen oder den andern Weg nehmen sollen, schaue kurz zu Paul hinüber, aber er sieht nicht so aus, als hätte er irgendeine Meinung dazu, ich schaue nach der Sonne, es ist kurz nach vier, ich kann Richtung Sonne westlich fahren, aber auch von der Sonne weg östlich, ich bin mir nicht mehr sicher, wo wir sind, da ist nur eine Tankstelle, die aus einer asphaltierten Zufahrt, zwei Pumpen und einem Holzschuppen besteht, dort steht eine große Gruppe von Männern um einen Lastwagen herum, dem ein Rad fehlt, ich überlege, ob sie allesamt auf der Ladefläche gesessen haben, bevor das Rad abflog, es müssen fünfundzwanzig sein, mindestens, jetzt sind sie dem Fahrer nützlich, der die Fässer in kürzester Zeit abladen lässt, offenbar warten sie auf einen andern Laster, der sie abholen soll, und auch mir sind sie nützlich, denn auch wenn sie über den Stand der Dinge nicht ganz einig sind, zeigen die meisten nach Osten, den Weg schlage ich ein. Etwas raffinierter könnte ich auch mit festen, festen Schritten auf die junge Frau, Mädchen Mädchen Frangipanimund zugehen, ein Dollarbündel aus der Tasche ziehen, abzählen, vierzig, sechzig, achtzig, vielleicht hundert, und sagen, gib meinem Mann alles, was er sich wünscht, vielleicht hinzufügen, *und ich achte drauf, dass alles ordentlich vor sich geht*, aber Letzteres, das bin nicht ich, Ersteres reicht wohl auch, rückt die Welt zurück zur Dritten und zur Ersten, Teufel Teufel genau deshalb kann ich es nicht tun! Obwohl es das ganz Richtige wäre, vielleicht sollte ich es trotzdem tun, sind wir nicht über diese ganze Geschichte hinweg? Papaya Papaya, das hier ist eine Frage von Männern und Frauen, nicht von Schwarz Weiß, Sklaven Herren, vierhundert Jahren Kolonisation. Vierhundert zum Teufel, zum Teufel! Alberts geschwollenes Gesicht, ich habe keine Chance, Auge ohne Augen, das Auto hält an und ich wälze mich hinaus, schluchze lauthals fast schreiend, hämmere, hämmere meine Stirn, meine Fäuste auf das brennend heiße Autodach.

Meine Hände haben Schrammen, Hautabschürfungen, meine Stirn hat einen Riss, ehe es Paul gelingt, mich zur Ruhe zu bringen. Er drückt mich lange fest fest an seine Brust, ich kann seine Miene nicht sehen, aber ich spüre an seinen tiefen und doch leichten Atemzügen, dass die Überraschung überwiegt, ich mag den Geruch seines Halses, wie die Rinde, die man frisch von einer Platane gezogen hat, und ich küsse, küsse genau dort mitten auf den Hals, dann lache ich, er muss glauben, ich sei verrückt, und ich kann's nicht erklären, bloß das Milchweißweiße, das wieder da ist, ich setze mich hinter das Lenkrad und sage:

„Du kannst ganz beruhigt sein. Ich kann noch fahren."

Er steigt nicht ein, ich lächle, ich wäre an seiner Stelle auch nicht eingestiegen, dann sage ich es:

„Ich war mit einem Kenianer verheiratet, und er war Politiker, und es war die erste demokratische Wahl in Kenia, und seine Bewegung war so groß, dass sie zu einer Bedrohung wurde, und dann bekam er Wind von einer Korruptionssache, in die viele Leute verwickelt waren und die vermutlich die Regierung und den Präsidenten gestürzt hätte, sie rissen ihm die Augen aus dem Kopf und schnitten ihm Hände und Füße ab, während er noch am Leben war ..."

Jetzt ist es heraus, und ich sage es ganz ruhig und sehr sehr langsam und sehr sehr schnell auf einmal, aber das ist in Ordnung, denn dort, wo wir herkommen, ist Eile nie verkehrt, und das ist in Ordnung, obwohl ich das Letzte nicht sage, etwas mit Würde, Würde, Alberts oder meine, ich bin mir nicht sicher. Eben dachte ich, ich hätte den richtigen Weg Weg gefunden, als ich zuletzt nach Osten abbog, seither hat kein Schild einen anderen Weg gewiesen, hier aber sind wir praktisch inmitten der graugelben Savanne, der zitternd durchsichtigen Endendlosigkeit, und nur weißes, weißes Vieh, das graugrüne Dornbüsche frisst, und einzelne kleine Massaijungen mit ihren rotgeschmückten Körpern und Speeren, die Vieh hüten, Vieh hüten, plötzlich ein Schreien und Johlen, die Jungen versammeln sich mit erhobenen Speeren, ich denke Schlange und will sie eigentlich gern sehen, mich unbedingt erinnern, alles ist milchweiß einfach einfach, und wir sind vorbei, ich hab wieder alles im Griff.

Wir fahren ein Weilchen, ohne etwas Bemerkenswertes zu sehen, von Zeit zu Zeit schaut Paul auf die Uhr, aber ich versichere ihm, wir sind richtig, richtig, nur eine Abkürzung, die sich als Umweg entpuppte, aber wenn wir schon mal da sind, könnten wir auch ein bisschen auf Safari gehen, ich meine, wie oft ist er, sind wir schon in Afrika, und im Übrigen bin ich es, die hier arbeiten muss, er hat frei, könnte er nicht ein wenig kooperativ sein, anstatt sich ständig zu beschweren, genießen, genießen. Als wär er ein Kind, zeige ich auf eine Horde Paviane und kurz drauf auf drei Löwinnen, die faul unter einer großen Akazie schlummern, während hinter ihnen einige Junge spielen, eine Zebraherde, von Zeit zu Zeit eine Familie flüchtender Antilopen, Warzenschweine oder ein besonders bemerkenswerter Geier, im Hintergrund überall Giraffen, die weit über die niedrigen breitkronigen Bäume ragen, als gehörten sie gar nicht zu der niedrig bewachsenen Savanne, und keiner, keiner kann wissen, dass ich es bin, ich bin ich. Vierzehn Jahre nachdem ich von hier weggegangen bin, vierzehn Jahre, kein sonnensonnenblondes Haar, keine dunkeldunkle Haut und savannenfarbenen Augen mehr, ich sehe jetzt wie jeder andre Nordeuropäer aus mit meiner weißweißen Haut, meinen graublauen Augen und winterwinterdunklen

Haaren, Pauls Nachname in meinem Pass, was mich bis jetzt überhaupt nicht im mindesten gestört hatte, aber hier draußen auf der Savanne und keine anderen Autos, hier draußen werde ich plötzlich Rückgrat Mamba grüne Mamba, ich muss mich übergeben und etwas jäh, vielleicht etwas jäh lenke ich den Wagen an den Wegrand, reiße die Tür auf und lasse Suppe und gegrilltes Gnu und Galle aus mir herausfließen in den Staub, heraus.

Paul ist erschüttert, merke ich, aber ehe er aus dem Auto und auf meine Seite gekommen ist, habe ich mich im Sitz aufgerichtet und meinen Mund mit einer Papierserviette abgewischt, spüle mit dem bisschen lauwarmen Wasser, das noch im Behälter ist, spucke auf den Seitenstreifen, trinke den Rest meiner Kokosnuss, lasse, lasse den Wagen wieder an.

„Spring rein ...", sage ich.

„Nein, jetzt ..."

„Mir war nur ein bisschen übel, schon vorbei", sage ich und mit so fester Stimme, dass Paul weiß, dass ich alles im Griff habe, im Griff, und aus irgendeinem Grund widerspricht er mir nicht, er hat Angst vor mir, denke ich, er ist genauso schlangebange vor mir wie ich vorhin davor, hier zu sein, und ich weiß, weiß nicht, was mit mir los ist, aber ich lache wieder. Wir waren gar nicht in der Savanne. Es war nur ein Spiel, ich spielte, spielte, stellte mir vor, die Menschen am Weg seien Tiere, Strommast Giraffe.

Menschen, Menschen, Tiere sind schlangebange vor Menschen, wir fahren langsam, denn hier kann man nicht schnell fahren, Loch um Loch um Loch auf der Schotterpiste, ich schließe die Autotüren mit der Zentralverriegelung, heller, heller Tag, noch, ich bin nur etwas etwas Mamba, grüne Mamba, Rückgrat Mamba, die Lende Lende schlängelt sich, friere schwitze, im Übrigen bin ich im Gegensatz zu Paul daran gewöhnt, links zu fahren, ich kann es ihm nicht erklären, besser, besser, dass ich fahre.

Ich könnte auch umdrehen, sagen, du hast recht, Karen Blixen vergessen, vergessen, jetzt hab ich das fünf Abende lang gemacht, da ist nichts zu sehen, nichts zu hören, zum Gästehaus zurückfahren, unsere Sachen packen, freie freie Tage in der Safari Lodge verbringen, richtige Löwen angucken, Giraffen, Elefanten, Swimmingpools, ein schickes Kleid anziehen und in einem blumenprallen Garten mit meinem Mann essen, übermorgen, übermorgen nach Dänemark zurückfliegen, die Baronesse vergessen, Hexerei, Afrika Afrika. Ich lache lautlos vor mich hin, wie lange würde ich mit Messer, Gabel in der Hand still sitzen und mit gutem Wein anstoßen können, Vorspeise, mitten im Hauptgericht, nach dem Hauptgericht, ehe ich dazu käme zu sagen: „Lassen wir uns scheiden?" Und aus irgendeinem Grund macht mich der Gedanke daran schwarzglühend vor Wut, nie ging ich so rasch zur Arbeit, und dann nahm sie Paul und er sie, ich denke, es wäre das Nächstliegende, den Museumsdirektor anzurufen und sich zu beschweren, zu erzählen, wie wie es gewesen sei, dass die Frau, die mir bei meinem Versuch, ihnen wegen der Hexerei *helfen*, assistieren sollte, die Frau die Geliebte des stellvertretenden Direktors, meinen Mann verführt habe, das geht im großen Ganzen nicht, und das geht überhaupt gar nicht in dem Job, eine Museumsführerin, die die Besucher anmacht, was würde Karen Blixen denken, was würde sie sagen, sie würde sich im Grabe umdrehen drehen, denke ich, will ich sagen, ich könnte sogar reden wie, wie eine ehemalige Mitarbeiterin des Museums, aber nein, nein, dann würde noch jemand an die Vergangenheit denken, aber das ist ja nicht die Pointe, nein, nein, sich nur über das Frangipaniverhalten beschweren, stark empört, verärgert, wie jede ordentliche Person es wäre, auch Karen, Karen Blixen. Das Mädchen wird schon noch entlassen werden, besonders wenn ich gleichzeitig eine kleine Schenkung für das Museum in Aussicht stelle ...

Neokolonialismus, flüstert Albert ... und ich lächle, Neo Neo Neokolonialismus, und ich lache, dass ich fast nicht mehr aus den Augen schauen kann, du hast recht, mein Liebster, und ich drücke mich an seinen Körper, und dann passiert es, ich schaffe es gerade noch, den Wagen anzuhalten, bevor es mir die Krämpfe unmöglich machen, meinen Körper zu beherrschen, ich öffne die

Tür und kippe auf den Boden, wo ich aussehen muss wie jemand, der einen epileptischen Anfall erleidet.

Sie haben es mir geschickt, eingepackt wie ein Geschenk, in einer hübschen geblümten Schachtel, schwarz, rot, grün und weiß wie die kenianische Flagge, ein Häschen, das der Gepard wieder ausgewürgt hatte, jemand brüllt, brüllt, ich bin's, merke ich, und es ist quälend, aber es hört nicht auf, ein paar Frauen kommen mit Wasser angerannt, mit dem sie meine Stirn abtupfen, sie legen mir etwas unter den Nacken und drücken, drücken mich auf den Boden, ich schließe die Augen oder glaube, ich schließe sie, ich bin nicht sicher, die eine streckt, streckt meine Beine, massiert mir die Füße, die Waden, und ganz ganz ganz langsam gehen die Krämpfe weg und auf der rechten Seite sehe ich zwei Männer auftauchen, die Paul packen, ihn von mir wegschleifen wollen, ich kann sehen, dass sie glauben, er habe mir etwas angetan, ich kann nicht sagen, er habe habe es nicht, und ich bekomme Angst, Angst, dass sie ihn womöglich schlagen könnten, aber dann hören die Krämpfe plötzlich auf, keiner brüllt mehr, ich weine nicht einmal, ich schnaufe, kriege keine Luft, dann hole ich wieder Atem, setze mich langsam auf, sage auf Englisch, alles okay, Paul, Paul ist mein mein Mann, aber ich weiß nicht, ob sie verstehen, denn die Frauen sprechen zu mir wie zu einem kleinen Kind, und ausgerechnet jetzt hab ich mein Kisuaheli vergessen, aber langsam kommt das auch wieder hoch, und ich habe keinen Schimmer warum, aber ich frage sie, ob sie sich an Albert Okwatimunji erinnern können?

„Sie haben ihn totgeschlagen und in Stücke geschnitten, während er noch lebte, und schickten mir seine abgehackte Männlichkeit in einem Geschenkkarton an dem Tag, an dem ich ihn bestattet habe", sage ich.

Die Frauen kneifen die Augen zusammen, dann schlägt die eine die Hand vor den Mund und fängt lauter an zu brüllen als ich eben, und zwischen ihrem Gebrüll erklärt sie es der andern, die mitbrüllt, wie Klageklageweiber, auch ich weine, Paul, Paul steht ein wenig abseits und sieht zwischen den beiden Männern ganz desorientiert aus, sie halten ihn weiterhin an den Armen, immerhin scheint ihr Griff nun ein wenig jovialer zu sein, wie eine Art sozialer Maßnahme, was mich mit dem Weinen aufhören lässt, ich stehe auf, stehe auf, lächle, lächle ein wenig, dann mehr. Lache.

„Vielen Dank", sage ich und überlege einen Augenblick, ihnen etwas Geld zu geben, lasse es aber sein, nehme stattdessen meine dünne goldene Halskette ab und gebe sie der einen Frau und halte beiden kurz die Hand. Ich soll in den Wagen klettern, setze mich aber bloß auf den Sitz und lasse die Beine herausbaumeln, ich rieche nach Schweiß und Dreck und auch Erde, und ich weiß, ich bin froh, froh, wieder hier zu sein, noch mehr mehr Menschen versammeln sich um das

Auto, auch viele Kinder, ich merke, dass Paul allmählich nervös wird, aber ich habe Lust, ihm zu sagen, dass er jetzt wirklich keinen Grund dafür hat, jemand hat eine Trommel, ist da auch ein Daumenklavier? Ein paar Kinder fangen an zu tanzen, ich sage Paul, jetzt ist Schluss, jetzt passiert nichts mehr, ich bin okay, wir müssen bloß noch ein bisschen tanzen, ehe wir fahren, ich sehe, dass er nicht recht weiß, was er glauben soll, aber das kümmert mich nicht, denn wir solln tanzen tanzen, ich stehe auf, finde das Gleichgewicht, das geht gleich in die Hüfte, und die vielen, vielen Frauen, die sich in der Zwischenzeit um den Wagen versammelt haben, johlen und haben längst angefangen, sich zu wiegen, zu wiegen, ich tanze mit, genau wie die Kinder und Männer, die Männer, nur Paul starrt unsicher vor sich hin, Paul Paul, dann geh ich auf ihn zu und schleppe ihn herbei.

„Schau her", sage ich ... stemme die Hände in die Hüften und bewege sie kreisend, erst rechts, dann nach vorn, dann links, dann nach hinten, bald wird uns heißer heißer, der Schweiß tropft auf den Boden, aber es ist eine gute Hitze, alle lachen, lachen, das könnte man stundenlang fortsetzen, aber ich bemerke, dass die Sonne nicht mehr so hoch am Himmel steht, es ist höchste Zeit zu fahren, und ich denke an Karen, Karen Blixen und den verewigten Traum von einem Mann, der sie vielleicht vielleicht nicht mehr liebte, als sein Flugzeug abstürzte, setze mich auf den Fahrersitz, sage Paul, er soll reinspringen.

Ein junger Mann erklärt mir den Weg zu Mama Blixens Farm, zeichnet eine vereinfachte Karte auf einen Fetzen Zigarettenpapier, ich wende, fahre den Schotterweg ein Stück zurück, dann nach links und wieder links und gelange auf die asphaltierte Straße mit einem Streifen in der Mitte, dichtem dichtem Gras auf dem Seitenstreifen, und nach kurzer Zeit kommt das Schild, und es ist erst halbdunkel.

Halb-, halbdunkel, ich parke das Auto an genau derselben Stelle, an der ich an den andern Tagen geparkt habe, wir steigen beide aus, ich schließe sorgfältig ab, dann gehen wir an den niedrigen Hecken den Kiesweg entlang, bis zur Fahnenstange, Paul eine Armlänge links neben mir.

„Willst du wirklich noch eine Nacht hier sitzen und auf nichts warten?", fragt er, da genau da kommen mehrere Angestellte auf uns zugelaufen.

„Sie ist hier", rufen sie aufgeregt, „sie ist hier!" Berichten von dem Licht und der Stimme und der Schreibmaschine, wirr durcheinander, berichten, berichten, ich renne zum Haus hoch, vorsichtig Mamba Mamba, ohne es zeigen zu wollen, halbdunkel, nicht ganz dunkel, schalte nicht die Taschenlampe ein, Taschenlampen verscheuchen Geister, hat der Zauberer gesagt, ich betrete den Patio unterm Halbdach, gehe ganz bis ans Fenster, schaue hinein, nichts zu sehen, ich mache eine Runde, zwei Runden ums Haus, nichts, nichts, verdammt verdammt, ich gehe hinein, allein gehe ich durch sämtliche Räume, gehe, gründlich einen nach dem andern absuchend, das dauert nicht lange, das Haus ist nicht so groß, wie man glauben könnte, halbdunkel, rasch rasch, nichts, nichts, wo ist die Hex? Dann bin ich wieder draußen, im Patio, im Garten, und dann sehe sehe ich sie zusammen, Frangipanimund und meinen Mann, und ich schaue von Paul Paul zu Kaffeebohne Kokoshüfte, und ich weiß, wenn sie es nicht wär, wär's eine andere, Paul und sie sind so, und ich drehe mich um und gehe mit festen Schritten auf Herrn Mtubandi zu, schaue ihm in die Augen, lege ihm die Arme um den Nacken, drücke meine Lippen auf seine, drücke, und er, der zunächst etwas überrascht einen halben Schritt zurückweicht, lacht dann stumm in meinen Mund, und wir küssen, küssen uns mit großer, großer Leidenschaft, und hinter meinem Nacken seh ich das Mädchen, die quasi keine Hüften mehr hat, und Paul ruft etwas, das ich nicht hören kann, und ich brauche den Kopf nicht zu drehen, um das erstaunte Gesicht zu sehen, das ich so gut kenne, nur ist es ohne Milchweiß und trifft mich in die Magengrube wie etwas, das ich plötzlich wie wahnsinnig wahnsinnig zu verlieren fürchte und von dem ich weiß, dass ich es nie wieder sehen möchte.

37

„Auf Wiedersehn", sage ich zu dem stellvertretenden Direktor, Herrn Mtubandi, und lache, lache hellauf meinem Schatten zu, der über den Himmel über den Ngong Hills jagt mit den letzten Resten dunkelblauen Dämmerschimmers und einer dünnen, dünnen milchweißen Wolke.

38

Die Autorin

Janne Teller

ist eine dänische Romanautorin deutsch-österreichischer Abstammung. Ihre Bücher haben sich weltweit millionenfach verkauft und wurden in 36 Sprachen übersetzt. Tellers Veröffentlichungen wurden mit zahlreichen Preisen ausgezeichnet, darunter die US-amerikanische Michael L. Printz-Ehrengabe, der französische Prix Libbylit und der dänischen Drassow Friedenspreis für Literatur. Zu ihren Werken zählen der existentialistische Roman *Nichts. Was im Leben wichtig ist* und *Europa. Alles was dir fehlt*, eine leidenschaftliche Liebesgeschichte vor dem Hintergrund der Balkankriege der 1990er Jahre.

Janne Teller hat viele Jahre für humanitäre Unterstützungs- und Konfliktlösungsprojekte der UNO in aller Welt gearbeitet, besonders im Afrika. Sie setzte sich in verschiedenen Krisengebieten vor Ort für die Menschenrechte ein.

Kontakt: jteller@sol-et-chant.de

Weitere Werke von Janne Teller in deutscher Sprache:

Odins Insel (*Roman*)
Europa. Alles, was dir fehlt (*Roman*)
Nichts. Was im Leben wichtig ist (*Roman*)
Krieg. Stell dir vor, er wäre hier (*Erzählung*)
Komm (*Roman*)
Alles. Worum es geht (*Kurzgeschichten*)

Weitere Informationen:

www.janneteller.com

Der Übersetzer

Peter Urban-Halle

geboren 1951 in Halle/Saale, lebt in Berlin. Literaturkritiker und Übersetzer (u.a. von Solvej Balle, Georg Brandes, Sophus Claussen, Peter Høeg, Per Højholt und Josefine Klougart). Herausgeber der großen Anthologie dänischer Lyrik *Licht überm Land* (Hanser 2020). Zuletzt erhielt er den Dänischen Übersetzerpreis 2013.

Kontakt: purbanhalle@sol-et-chant.de

Hinweis: Bitte haben Sie Verständnis dafür, dass der Verlag Nachrichten an Autor:innen und Übersetzer:innen lediglich weiterleitet. Der Verlag kann und wird sich nicht in den Nachrichtenaustausch einmischen und stellt die abgedruckte E-Mail-Adresse lediglich als Kommunikationsangebot zur Verfügung. Ob und in welcher Form eine Antwort auf eine Nachricht erfolgt, liegt vollständig und ausschließlich in der jeweiligen Verantwortung der Kommunikationspartner.

· Sol · et · Chant ·